金色阳光

诗集

刘东宇◎著

新华出版社

图书在版编目（CIP）数据

金色阳光诗集 / 刘东宇著 . — 北京 : 新华出版社， 2020. 8
ISBN 978－7－5166－5292－3
Ⅰ. ①金… Ⅱ. ①刘… Ⅲ. ①诗集—中国—当代
Ⅳ. ① I227
中国版本图书馆 CIP 数据核字（2020）第 152133 号

金色阳光诗集
作　　者：刘东宇

选题策划：黄丰文
责任编辑：祝玉婷　　封面设计：嘉海文化

出版发行：新华出版社
地　　址：北京石景山区京原路 8 号　邮　　编：100040
网　　址：http://www.xinhuapub.com　http://press.xinhuanet.com
经　　销：新华书店
购书热线：010-63077122　　中国新闻书店购书热线：010-63072012

照　　排：嘉海文化
印　　刷：廊坊市新景彩印制版有限公司
成品尺寸：145mm×210mm
印　　张：6.5　　字　　数：40 千字
版　　次：2020 年 8 月第一版　　印　　次：2020 年 8 月第一次印刷
书　　号：ISBN 978－7－5166－5292－3
定　　价：38.00 元

目录

吟诵古今

强盛之国

风骨篇

吟诵古今

炎 黄 子 孙

祭拜炎黄感华夏，
泱泱中华文明史。
承袭先人大气脉，
做得中华好儿女。

文　心

才子文心可有价，
四大名著国为宝。
不计名利犹可贵，
留得华夏香墨传。

古　城

历史遗迹斑驳存，
古朴厚重凝智慧。
盛载盛世之风古，
源远流长出人杰。

贤　人

贤人多作为，
时时正衣冠。
授人智慧长，
勤思不足处。

笔

历史千载由你记，
笔走天下大势态。
秉承正气书写史，
黑白分明不藏奸。

华　夏

华夏文明千秋史，
万里长城气势雄。
霸业成就世界惊，
始皇英名万世长。

铁马金戈

长枪马嘶已是昨，斗士复生今何往。
重新立于今日生，青春年少正当年。
有志雄心不曾减，整装待发冲云霄。
世上乾坤何曾变，手握风云藏宇宙。

古 今 颂

古今有贤人，
代代出英才。
大国本来盛，
五千文明长。

牡　丹

花王富贵人皆赏，历得贫寒交迫时。
艳若秋阳绽春色，玉骨铮铮有气节。
风流冠则为魁首，雍容可比它花贵。
牡丹牡丹真性情，大气洒落王者心。

我是一个人

人人生来有不同，我自生来有何用。
想想自身何优势，几分灰心几分愁。
要做一个强人志，何年何月出人头。
晓得努力方有果，耕耘不停奔波忙。
少年有志不可灭，蒸蒸日头挂头顶。
今存志向行万里，雄鹰在天任翱翔。

亭 前 月 明

亭中浅酌茶香色，
月明星光景致幽。
起身望月思古今，
古月也看今人事。

小 荷

碧波池中绽少女，亭亭玉立婀娜舞。
若说牡丹真国色，荷花仙子当不让。
各花具有真性情，人人风姿亦不同。
兰花自有兰花雅，梅花自古便傲霜。
文士风流自喜花，墨客留下无数宝。
小荷独秉仙姿骨，污泥何能污自身。

良将之心

自古良将有性情，谁人不有落魄时。
心存正义看天下，识君更识小人心。
身经百战功名赫，虚名于身不记挂。
为得生灵多奋发，护法天下为己任。
誓做擎天博一柱，古今将相威名扬。

长　城

巍峨气博中华脉，屹立千古永不倒。
前朝兴衰今何在，而今腾飞似游龙。
自古多少英雄汉，一代更比一代胜。
而今华夏多人物，超越前人并非梦。

太　阳

日出东方光万丈，
万物之主气境美。
颂阳诗歌万万篇，
难喻其功千百缕。

月　亮

嫦娥应是月宫主，玉兔是为小精灵。
吴刚伐树多辛苦，天帝为此惩错处。
月亮之内一世界，自身行使自身责。
万物之珠耀九天，皎白莹洁人向往。
凡人望月几多思，无限遐思在心头。
看月之时起相思，遥知故乡千里情。

宝　石

人人皆爱宝石贵，
天地精华若许年。
不经雕琢不为宝，
无价之材历久出。

人生之行

行路多艰难，
无苦不成路。
经得千般险，
得成不惧心。

品　　行

正义之心有，
辨明是非曲。
操守行要正，
正气满乾坤。

小　河

村旁银带欢快响，
调皮好似小儿心。
春秋冬夏不等闲，
流向江河为心愿。

时　　空

大千世界多变化，
万念不过时空载。
天道有序繁衍生，
任何时空皆有法。

知否我

我是谁来谁是我，
一颗心脏方有我。
灵魂来自天地中，
万物聚慧情绵长。

仙　　人

仙人生在何方界，
智慧历心万磨难。
成得一位脱俗人，
何处不是赛天人。

冬　天

严寒扑面雪气香，
白山玉树立琼枝。
路如白玉思仙路，
梅花犹是绽红蕊。

手　　掌

手中纵纹几百条，
前人说它显命相。
手掌可能掌天下，
力举乾坤挽狂澜。

人　　生

朝九奔晨昏日月，
起伏绵延千山雪。
若能知晓使命在，
雄关在前不改色。

花 的 美 丽

三千世界有花在，
蓬勃气息暖心海。
花神功勋可是大，
天上地下增艳色。

火　焰

赤红将军从天来，
生灵因此大受益。
情如火焰真性情，
历久不改初心肠。

我 的 志 向

志在攀登高山巅，
耸立云霄看九州。
千险万阻不可惧，
心中朝阳定其心。

书　　籍

书中如海大无边，
多少智慧作得成。
领会其中精髓识，
老师今古皆在前。

浩 瀚 宇 宙

心如宇宙是伟人，
大可盛载宇宙心。
唯心有此气魄雄，
傲立天下唯你尊。

风　雨

雨骤风急变化忙，
搅得天地一片浑。
敲窗打叶犹撒气，
风雨彩虹一朝现。

美　好

形容江南多美好，
如诗如画亦如仙。
古时桥墩未曾变，
古韵新现增奇景。

握　手

手心相对初相识，
分别之时话珍重。
两手握住友谊树，
青松不改常葱翠。

节　日

鞭炮噼啪真热闹，
喜气笑脸红彤彤。
儿童跑来接红包，
天地一派喜洋洋。

走在大路上

策马扬鞭烟尘起，
历史潇潇多重演。
前路可有知己逢，
事业共撑半边天。

雷　雨

巨雷响过闪白光，
雨泻如瀑雾沉沉。
天上雷公做业忙，
送雨润养苍生恩。

新　苗

苗儿幼嫩多呵护，
大小生物亦如此。
爱心一个撑起责，
无恩无育岂有我。

坐 拥 历 史

史书翻过悟心怀，
畅游书中趣味多。
自身好比书帝王，
掌握历史称霸王。

欢 乐 心

喜事门前多喜鹊，
登枝高望富贵门。
乐在心中自祥瑞，
心中福田自己修。

情　结

情在心头口难开，
眼光聚在你身上。
思虑如何动芳心，
几分紧张露心情。

写　作

笔走神思天地阔，
精神为之驰骋飞。
务实心态犹为重，
心中乾坤载万物。

裙　　子

女子偏爱裙子飞，
欲仙之醉神情美。
犹如彩蝶花中舞，
窈窕身姿似仙女。

明　天

做好今天事为重，
一步不错方长进。
若想明日无忧虑，
今朝岂可虚度日。

思　　念

月到中秋分外圆，
思念亲友最相知。
唯有此刻思念人，
方是心头挂心人。

夏的炎热

一阵凉风拂过脸，
顿感心头暑气消。
热流颊背吃冷饮，
人生冷热自有解。

江南风光

梦中江南多丽色，
柔情淑婉似女子。
仰慕才子锦绣文，
殊胜之地惹人牵。

天　堂

人人福气大气度，
多面才华为仙人。
经过心难几千回，
做得仙人自逍遥。

柏 松 情

柏松正气植圣墓，
气骨铮铮壮士心。
英贤墓前昂然立，
万古青葱美名留。

皮 球

儿时偏爱皮球圆，
颜色各异时时拍。
童心初识为太阳，
摘下玩玩在手中。

衣　　裳

王者之衣精湛艺，
衣品人品见高下。
唯有才华最可贵，
气美神美胜万衣。

情同手足

得遇知己胜兄弟，
惺惺相惜助彼此。
失意得意把盏欢，
雪中送炭暖人心。

日　　出

彤彤之珠出天际，
腾腾之兆万民仰。
光芒大放照天下，
日比王者装万物。

烟 火 人 生

人间烟火暖心扉，
柴米油盐为口腹。
美味佳肴尝来美，
有此欲望不枉生。

致 学 业

学业是根基，
富有五车好。
倘若尚不能，
更要五更勤。

生　活

柴米油盐醋，
一样不可缺。
人间烟火事，
圣人不免俗。

难　　题

焦心思难办，
如在火中烧。
心性不成熟，
心平自然解。

心 火 于 胸

处处不如意，
屡屡受磨难。
人生本来难，
只有向宽行。

花 开 有 时

花开有时节，
事事亦如此。
做好一切事，
待得因缘来。

奋　斗

年少多勤奋，
老来多成果。
少时不努力，
贻害光阴罪。

走 远 路

脚下坚实步，
要有沉稳心。
目光放遥远，
但看古今明。

伟　人

胸怀装天下，
正气在心头。
懂得黎民苦，
超越前人智。

小心行万事

细小不放过，
有大能放小。
事事要认真，
天下大智慧。

向日葵

太阳花最好，
日日向太阳。
我心似太阳，
晴雨不等闲。

心　海

海洋大无边，
好似天地宽。
本心映明月，
遍撒银宇光。

和　平

天下太平世，
民生乐业时。
战争犹可耻，
共祝天下和。

在　乎

心心想念处，
时时关注忙。
生怕你离去，
茫然魂无居。

冰　雪

雪花身轻盈，
冰冷助美姿。
寒气如知己，
相互依偎成。

圣 人 心

大慈大悲心，
劝人向善心。
渡得众生苦，
出脱心牢笼。

大　爱

爱心无国界，
生灵皆可爱。
天下本一家，
和气生繁荣。

明 事 理

笨拙不可怕，
明白大义心。
人人都有缺，
完善自我美。

天下为谁

苍生为天下，
民生乐业世。
百姓皆饱暖，
君明世上安。

我 辈 之 心

身为零零后，
科技腾飞速。
时代在召唤，
岂可虚度日。

你的心事

父辈望子成，
心血知多少。
不负父母恩，
自身多努力。

高尚的人

大功无私人，
洁身自好行。
心装天下事，
开创伟业高。

小鸟的快乐

翅膀迎风展，
美景在大地。
热闹看人间，
欢忙筑新巢。

光 的 彩

希冀为光芒，
黑暗是绝望。
日月有轮回，
黑白手中擎。

梦 见 你

素昧平生人，
梦中却相见。
但愿在现实，
终能遇见你。

游　　戏

世界有乾坤，
拼杀似英雄。
虚幻莫当真，
偶时玩一玩。

朋　友

仗义时相助，
高语欢乐多。
互补自身缺，
彼此是老师。

光 阴 如 梭

时光不等人，
不可荒度日。
老将后悔时，
事事已成灰。

缘　起

万事万物皆缘法，
因中有果不逃避。
缘分始于千百年，
今生见面圆缘时。

书　圣

书中有师更见友，
大千世界在书中。
知识多像大海阔，
更比高山入云端。

凡　心

凡心是什么，
众生皆是凡。
我心是什么，
心有众生心。

大　海

波涛连碧天，
深沉言不语。
心胸如海魂，
天地何其阔。

爱　心

人人有爱心，
世界可大同。
天下本一脉，
生灵皆要疼。

飞　天

天在高昂处，
俯视众生忙。
心有千般想，
向天求自我。

鱼　儿

鱼儿爱海洋，
家在海底处。
时时欢快游，
烦恼不在心。

玉　　魂

翠玉情欲滴，
脱胎换骨石。
满腔立志心，
石破天可惊。

作　为

作为有高低，
不怕大与小。
小事精诚做，
大事方可为。

海外游子

海外游子归，
一颗报国心。
祖国似母亲，
不忘儿身心。

荒　野

心头有荒野，
苍凉孤独身。
圣人更寂寞，
常人何能免。

美的眼睛

美目溢神采，
纯净似水潭。
善心做底蕴，
秀外亦慧中。

黄　金

淘尽沙泥终见金，
层层工序千番忙。
若把人生比黄金，
不怕辛劳方成就。

珍　珠

晶莹白润闪宝光，
戴在美人颈项上。
核心本是一粒沙，
更新自我是为宝。

黄昏之日

红彤彤，落九天，
彩霞簇拥日回家。
都道夕阳晚来好，
早晚皆是好时节。

心　情

时而翻云雷霆现，
轻波柔肠是本心。
谁人亦有不平静，
晴雨本是自然事。

雨后彩虹

晴天下雨见彩虹，
七彩拱桥架天空。
若无一场霏霏雨，
怎见天地送美景。

明　悟

光明心中无碍阻，
大路宽阔通百味。
不嗔不痴事事稳，
千帆世界坐于心。

露 珠 儿

颗颗珍珠荷叶上，
莹莹好似小精灵。
朝阳升起珠儿散，
明日再来慰心怀。

困　惑

郁郁不解心头事，
云开见日几何时。
堪破万事无迷沌，
还须自心过千山。

草　儿

青青原野铺绿毯，
大地披上嫩翠装。
莫言小草太平凡，
万物无你多乏味。

兰 花 少 女

文墨书香铸成魂，
二八少女化成身。
花叶犹带才女灵，
更胜佳人吐芳华。

心　胸

胸怀揽月不为大，
但有乾坤是为法。
大如朝阳光无限，
心有如来定其心。

水之情韵

水利万物无己欲，
形形有形还无形。
温柔无物可敌水，
坚锐之时比钢刀。

美丽的朝阳

晨间太阳最是新，
万缕千光如金绳。
泻撒金辉照物忙，
美称天下唯一人。

蓝天之梦想

看过百鸟飞苍穹，
晓得天空最为贵。
遥望之时诉心悟，
走过大道方成就。

白 鹤 仙 舞

神仙多爱乘白鹤，
舞姿翩翩脱尘俗。
高雅不与群鸭嬉，
卓尔不群玲珑心。

美　人

英雄难过美人关，
美人难过金钱关。
难过之关都需过，
考验心关有万千。

成　事

事事成就待时节，
果实长成须费力。
持久之心莫不成，
目标正确勇往前。

胸　怀

宇宙之心何其大，
芝麻绿豆几多小。
盛得心胸大变化，
不放细节做为人。

人之出路

生存第一谈理想，
立志本是最为重。
出路在心不在它，
赋于实践莫空谈。

学　习

日习经卷八百回，
过目不忘熟于心。
学如瀚海几滴水，
勤能补拙增慧智。

攀高峰

艰难举步汗淋淋，
举头犹望遥无期。
定心静念勇超前，
人比高山更高昂。

云　朵

云山叠嶂有仙气，
好似神仙踏云来。
高山之巅绕缥缈，
人间亦现神山景。

玉有瑕疵

人言美玉有瑕疵，
性中自有缺憾处。
天下本无圆满足，
九全十美便为好。

我之平凡

平凡之处人人像，
不凡之处人有异。
一朝奔梦越高山，
俯视天下千古情。

我 的 心

暮暮晨昏一日日，
一步一步向明天。
因果时机终有定，
更胜昨日英雄心。

梦想的翅膀

蓝天有梦向宇宙，
雄鹰志在凌云处。
心有鸿图千千载，
誓做天下第一人。

秋　色

今秋之景多丽色，
纷呈金黄赤红霞。
长城内外秋色浓，
天高地厚气境爽。

人在江南

遥思江南风景画，凝思古人多智慧。
才子唯有江南胜，人杰地灵出佳人。
仰慕山水几多情，西湖传说颂到今。
人文地理多韵致，江山各异写春秋。

柳暗花明

桃柳争渡三春景，水绿花红色更新。
白云幽雅似飞翔，鸟儿鸣声啼脆音。
崎岖路程不可惧，但看转角更惊艳。
做足心头坚心人，世事何愁不功成。

我自己的事

人人生来依赖人，母腹生养不容易。
多少爱心助成长，颗颗精神为你忙。
做人几许艰难行，回报之恩有万千。
先成己来后为人，不负苍天有我恩。

天之博大

天主万物衍生忙，繁荣之新争朝夕。
日月星辰照天下，大千世界各不同。
天造万物为何事，千千心事化众生。
围绕环宇皆看遍，天道为大爱苍生。

月 下 荷 花

朦胧月色泻银光，独步荷塘观花姿。
玉立仿若美人娇，淡淡粉嫩似春桃。
闺秀如此人所敬，高洁月语仙人骨。
一池青光景色雅，独我月下为知音。

学 业 心

所学之业是为本，业精于勤为功夫。
日日所学是为何，报效父母国之恩。
自身短处多弥补，自身优处多发扬。
分分秒秒必争先，不使日月空虚度。
点点滴滴累知识，用处方不恨嫌少。
才子自古多勤奋，何况我辈平凡人。

强盛之国

开 明 之 世

人人为主时，是为开明时，勒马悬崖为底线。自有道德来束缚。守法爱国是己责，自身主，自管好，任凭才华自由使。古今爱才多强国，太平世，自升平！

历史明鉴

史镜高悬明忠奸，名君昏君载史册。忠臣奸臣无不知，读历史，明荣辱，辨清明，正衣冠。泱泱大国修千古，一脉精神颂到今。

白 玉 心

美玉雕琢成，几番刻骨入髓心。成器时，经万难，不琢不成器。人亦是，心儿百难知百味，几番忙碌辛苦劳，劳筋骨，痛自心，千锤百炼成玉心！

凤鸣九天

凤凰是祥鸟，美身姿，贵气像。人人皆喜爱。盛世方得见，鸣九天，飞日月，华光溢彩炫人目。见祥物，人为贵，久久不忘凤姿忆！

蓝天的精灵

燕儿飞过鸣声脆，乐陶陶，飞奔忙。筑巢育儿喜滋滋。望蓝天，心头宽。看大地，情趣浓厚人间忙。美餐食，除害虫，生来农民好知音。

笔墨有情

笔有情思，墨有意。历史由它来撰写。正义心，下笔情。公正否，看作者。执笔者才是主，史记留，千秋过，一脉正气在人间。

歌舞之雅

一舞一歌通神曲，灵韵可是性中出，一招式，清歌喉，好比嫦娥人间舞，身轻盈，似彩蝶，舞之雅，歌之纯，性灵之人多风华。

人 生 之 路

路有千万条，心在何处路在哪。历史教人醒，延续真理生。今朝去何朝？去心头，把梦续，无憾时，为此生。

宫 墙 内

故宫城墙红朱赤，繁华之最在墙内。古今帝王多少魂，在内中。古今多变化，城墙仍未变，心变化，大时节，世上已是新奇景，盛世忙！

清 泉 水

叮咚作响石上流，两岸青苔吐清香。小细流，似水晶，珠儿扬撒映斑斓。味甘甜，似玉液，遥想天水入凡来。

画 眉 儿

画中有画山中水，写意几笔聊情趣。画上一只画眉鸟，画中有灵才生动。画中有心才是画，画中有神方为画，一幅山水做媒人。

雄　鹰

盘桓长空遥无际，俯视众山万物小，志在行走亿万里，天尽头，在何处。志在初生时，向往蓝天怀，翱翔时，爱天空。

英 雄 之 心

利万民，利己荣，身大义，成大业。一路艰辛一路歌，志有此，问苍天，问自心，我是谁？我本非我亦是我，功过成，归自心。

人中杰

人杰地灵出英豪，古来豪侠出少年。纵横天下看风云，经百战，阅千帆，身披霞光出晨晓。映朝阳，遥相望，定乾坤。

石 头 颂

石头补天大功德，炼成钢，成美玉，成才之时方补天。利万民，利苍生，功业成，看尽天下好变化，戏游真性好造化。

天上景

思天宫，美奂景，金楼玉宇各迥异。四季常春无严寒。白鸟飞，斗其丽，展彩翅。白玉路，逸轻烟，霞光灿，金阳红。仙乐时时飘入耳。神仙乐，一派逍遥游。

天 山 雪 莲

高山巅，有花开。寒中绽放傲风雪，雪莲花，如斗士，性中比男儿，勇者之心志高昂。

柳　丝

柳条儿嫩，风儿轻摇摆腰肢。丝丝垂挂比风流，花自媚，柳自雅，风情不同有其好。玉帘儿内，见江水，别是一番好滋味。

雪 姑 娘

江河覆新装，万里晶似玉。柔柔身姿降凡尘，舞翩翩，意醉人。琼瑶雪枝俏，比花不逊色，天仙子，不寻常，冰玉之身最纯洁。

影　子

影子不离弃，身有它便存。为何物？为自己，无我之时影何在？人为影，心为影，影为影。空境有时为大境，月中天，天中月，自在心中天地中。

心之锁

锁有外，亦有内。心锁为自锁，因何因？看不透，目不远，一叶障目之。打开心锁见光明，世界大，天地阔。

我之情

情中有心为大情，无心为假情！假为真，真为假，真真假假是为真。心头有国是为真，国爱之情是为真！吾爱国，国爱我！苍生有情报国门，真性情。

水　晶

梦想水晶屋，折射光影似天宫。多少载，梦中忆！而今已是十八年，作为浅，几多烦，心思往世英雄心，世世不同世，同一人，几多别！新立志，今朝事更新，不辜负。

凝　思

坐望桥头几多叹，望秋水，波影涛心可知味！玉楼歌曲何曾远，神凝思，暮暮往事在眼前，唯有江河懂。

牡 丹 情

花王盛情香郁浓，帝王花，气势壮。人为王，心气高。花为王，姿色绝。文人墨客竞相赞，牡丹，牡丹，真性情。春日已知情，洛阳正香浓。

风骨篇

一 朵 莲 花

一朵莲花静默在水中。
先开的花儿，是受人瞩目的。
它像一个帝王傲立在池塘。
领春的花占了先机，先开的花占了天时。
莲花们想必都是想当第一个开放的花。
彰显自己的美。
万物都有它自己开放的时节。
先开后开并不重要。
重要的是一颗持久的心。
最好的，同样会压轴出场。

美的衣裳

美丽的衣裳可以给人带来自信吗？

应该可以，不然人人都爱追求名牌儿、名品……

说到底，这都是美的衣裳，外表好看是那么的重要。

有了钱，可以不装饰自己，别人也会认为你有个性，没有谁会小瞧你。

如果很穷呢？

自然无人瞧得起你。

古今以来，嫌贫爱富没有变。

如果自己能创造财富，自然好！

财富代表了你的能力与刻苦的精神！

没有什么是容易得的！

精神上的财富更为重要。

要有华罗庚的爱国情操。

真正的贵族，从来不是钱的多少。

而是否有一颗爱国之心。

衣裳美丽，心灵美丽！

泪

泪水是咸的。

喜悦的泪也是咸的。

表达的心情不同，同样是一种形式。

泪是心情的产物。

人类悲悯众生与自己和家人的一种感情宣泄。

泪是真善美的体现。

有泪、有你、有我、有他、有万物。

我们不是石头心，灵长的人，欢快的心。

水　仙

婷婷若少女玉立的倩影。
香气飘远忘记了尘俗的乏味。
你不艳却清丽的姿态令人久久不能忘怀。
想你是一位佳人，雅韵中不失情调。
都说你是灵性的，不与俗争的。
兰花有兰花的书香气质，你比兰要清艳些许。
水的润泽让你有了比它花特质的存在。
葱翠如你，水仙花儿。

人　心

人的心藏在心里面。

隔了一层躯身，可能看透。

浅显的人一见便透，高深的人如深潭之水看不透。

好与歹，总有一天会显现出来。

古今多少贤人，开国之君，都明白了他们的心。

人心看不透只能是一时的。

时间印证了人心。

正直的人不会被埋没。

天是蓝色的

蓝蓝的天空飘着白云。

向望蓝天之上的世界。

那上面可会有神仙的存在。

我想是有的。

天那么大，怎会只有我们这些人类，宇宙大无边，有可能存在着比我们更先进的文明。

天是解不透的，他是智慧无尽头的……

致亲人

最亲的人莫过于家人。

用最真的爱将我抚育长大。

时有病痛操心着、忙碌着、焦急着……

殷切的望我成长成有用的人，康健的体魄是你们最大的欣慰。

有时候，我不听话贪玩，你骂着我，更担心影响了正常的学习沦落下去。

姥姥将我养大，充当了母亲的身份，关怀备至地看着我长大。

父母在远方工作，又时时关注着我的点点滴滴。

一个人的成长，要这么多人的关心才行。

我的姥姥、姥爷、父亲、母亲，关怀我的亲人们。

是你们让我成为一个人，成为一个正向前方走进的人。

未来是美好的，回报你们的是我的不负使命，将自己发挥到最好。

美好的人生

清晨，是美好的一天。
每一个清晨都代表着新生。
朝气满满的人生似清晨。
失败了再来。
每一天都是新的。
我辈是清晨的太阳，最青春的时段。
为理想而拼搏，为国家而自立！
做一个有骨气的人。
明天，很快到来。
实践着自己的使命担当的人最光荣。

梦　想

我的梦想是做一个用处很大的人。
或者说贡献很大的人。
能力有些不足，但不想平庸下去。
命运是神奇的，给予你的不会是全能。
如果将缺失的部分与优势互为所用，利用其长。
每个人都是有用的。
成就一番事业，需要众多人的参与。
有梦想才会有实现的那一天。
不可空空度日，要怀揣梦想。
它是照亮人前进的灯塔。

忆，坚毅之姿

奉其一生为守夜。
你的背影带着石牦牛的荣耀。
悲凉而又坚毅。
在吟游诗人歌颂着英雄的时候，你可以在篝火旁讲述我的故事。
思，长夜降至。
纵使无路可退，你仍荣耀相随。
弓声长啸长空，手中却空无一物。
黑夜残酷吟唱，你却仍选择坚强。
望，黎明升起。
军团荣誉于身，血脉燃着火焰。
尽管黑夜降临，星辰仍高挂星空。
无需畏惧，未来你的路途不会错。
辰光与暗幕交织终成永恒。
鲜血与黑暗共舞，泣于希望。

从 头 再 来

呐，你可曾记得。
月光下我的思念。
呐，你可曾想起。
多年前我的初心。
回忆的彼方，跟随风的去向。
那是我曾拥有的光芒。
而今却已逝去的芬芳。
希冀过往，夜空却闪耀光芒。
长夜未央，天亮前只为你唱。
曙光即临，是时候付出代价。
再见，我的思念。
永别，我的初心。
一切，从头再来。

观　光

眺望远方时，美景在远方。
看不到瑕疵，只看到了美好的一切。
近看呢？
可能各种垃圾会看到，杂七乱八的在眼前收入眼底。
放开眼界是为同样的道理。
眼前的事物不能障碍了自己。
大局而观，长远而看。
观光，观心，观世界。

俗

“俗”是一个不受欢迎的词。

说某某人长得俗，或文章俗，为人俗等等……

不喜欢这个词的人大有人在。

俗，不好吗？

未见得，脚踏实地与俗有着关联。

相比，虚无缥缈不干实事更令人头痛。

俗不是错，俗的开拓些更能成就事业。

任何事都要有一个度。

梦

人人都会做梦。
到底是真实还是虚假的。
它在于你的自心。
梦会有成真的时刻，这取决于你的努力与否，
天天做梦的人，自然梦会成为虚幻的产物。
赋于实践，层层隔阻，千难万险，挫败了多少次……
不改初衷的，梦会成真，理想会成真。
人类靠着梦想走到了今天，
梦是领路人，召唤你前行的使者。

你的影子

它随时在你的身边。

有你在它就在。

但阴天时它也会不知所踪。

自立的人生如此，你自己之外的所有人都会离开你。

包括你的影子。

一切靠自己，靠自己，靠自己……

晓　晨

日出在早晨时节，那红红的日头让人心动。
你每一天都会醒来，普照着这个大地。
晨间，是一天的开始，希冀的诞生。
清香的气息中让人心情豁然开朗。
心在阳光的升起那一刻，感受着自然的力量与伟大！
原来，它是那么的有力量！
万物随之亦有力量。
你的一天开始了，我的一天开始了！
天底下有许许多多的故事要发生！
太阳下，您的子民生生不息着……

玉的心灵

美玉的演变可是经过了许多年……

玉和石头的根本区别在于什么？

玉是昂贵的，高端的，人人喜爱佩戴的美玉。

而石头呢？

想必，没人愿意把它戴在身上。

玉和石头又是一类的物种，不同的是，玉升华了自己，原本也不过一块石头罢了！

它的心如果不思进取，与随地的石头毫无区别。

玉的心中有志向，变废为宝地磨砺着自身。

我要成为宝，而不是石，不是石，不是石……

新的自我衍生了！

你是一块儿美玉。

放开的自我

如果，心囚禁了，什么都做不成。
狭隘的时候会有，心好比困在了其中！
看不到蓝天，太阳与万物的美好……
心中唯有一堵墙在面对着自己。
闭目思索着……
我该怎样走出去呢？
我——怎么能困在自己的不智中呢！
眼前，豁然开朗起来！
睁开眼睛看着一切的美好！
哦，路边的小花儿，你长得可真美丽！
瞧瞧，这世界仍如继往的美好！
不要被阴郁打败！
自我，放开之时，你会拥有整个世界！

快乐的人生

快乐，是每一个人的追求。

怎样，才能快乐。

勤奋会快乐，助人会快乐，快乐不只是为自己，还有他人。

试想，这个世界上只有一个你，你会快乐吗？

答案是否定的。

做一个快乐的人，人有了目标会有一切的动力向着前方奔走。

生命是一首赞歌儿。

快乐你我他，快乐的是自己。

小　鸟

鸟儿有一对翅膀可以飞上蓝天。
看着它，几多羡慕。
它一定是欢快的，每日都唱着快乐的歌儿。
它在清晨时节犹为欢快。
每一天早晨因为有了鸟儿的鸣叫而显得生机勃勃！
鸟是人类的朋友！
好多的生物都是人类的朋友。
世界是一个大家庭。
爱护我们的每一棵树、一朵花儿、一只鸟，是人类该有的义务！

我 的 手

我的手不是那么灵活，
想像那些巧手能剪出美丽的窗花儿。
没有那个能力，那该是多么的心灵手巧呀。
我的手写的字也不是那么好看，
没有那么娜婀的笔迹。
手不是那么巧。
心也不是那么慧。
我的一切可能是平凡的。
人生的路很长，化笨拙为灵巧。
我的心从不曾停留地进步着……

眼　睛

眼睛是心灵之窗。

眼睛有心里的，亦有外在的双目。

它能看见美好的一个世界，也能发现一个丑陋的面目。

心眼明亮，为道家的一个词。

只是外在的双目明亮不为智者。

心中的眼睛更要明亮，方不会看错整个人生！

人之使命

每个人的命运都不同。

使命更是不同。

人的一生充满了坎坷崎岖。

身心要不同地努力。

任何事情都不是那么简单的。

向上的道路不可谓不累。

如果说简单。

只有不作为。

可想而知这是为人的惰性！

不可取。

任何苍生都要劳动，人的使命大过任何生灵。

天　河

天河隔着牛郎织女吗?
神话的故事让人有几分唏嘘。
有情人隔在了两岸，遥遥相望。
牛郎可知天上的织女过得可好。
他会怨恨天河隔阻了自己与妻子的距离吗?
心中有千百个想法，望川之目看着对岸!
天河更像一条戒律，守着自身的原则。
规矩之处亦有令人心酸之处!
宇宙有宇宙的运行法则，顺应时事而行。

小　花

路边的小花真可爱。

它带着新晨的露珠。

大自然真可爱，孕育出许多许多美好的事物。

看见一棵草儿，你会欣喜，一只蝉鸣会让你愉悦。

花儿是美好的心事么？

开出了那么多不知名的花儿……

多少美好的故事变成了你。

心的力量

心的力量可大可小。
可以托举乾坤，可以承载一只羽毛。
大小由你的心决定。
心世界大无边，遨翔不尽，也可以寸尺之间无法移动。
心是一切的源心，有心就有梦想去追。
我是心的主人，主宰自己的命运！

云的畅想

天上的云总是变化万千。

各种形态都有，像动物、像树、像花、像很多很多似是而非的景象。

归根结底，它只能随着风动而已，实则没有自己想要的形态！

云是不由自主的，自在无边，确是毫无力量的。

如果我是云，该怎么想?

顺应自然罢了，这是作为云的使命而已。

自我无心却有志，志在做好每一件事。

答报天的厚爱。

万物都有它存在的必要。

哪怕，它再微不足道。

我的心

我的心很小，小到有自己的坏脾气。

我的心亦可以很大，大到可以看出自己的渺小。

自己知道自己渺小才是好的开端，这心是一方空旷之心，可以容纳进去许多好知识与思想……

狂妄的人觉得自己很大，再也容纳不进好的想法与学习的兴趣！

我的心也可以巨大，巨大的是对祖国的爱，时刻记着国之恩育，华夏厚土！

我是一个学子，吸取着各种知识，天下的，万物的……

我的爱情观

虽然，现在我谈爱情这个词还有点早，可想想姥姥辈的那一代人，可能都已经成家了。

两个志同道合的人能走到一起是天赐的缘分，也许对方并不是多么的完美，她有着各种各样的缺点与优点，我也同样如是。

面对一辈子的选择是不能马马虎虎，像我们敬爱的周总理遇上了贤德的邓妈妈，革命的伴侣，灵魂的伴侣，是让人羡慕的。

我期待的你，不一定要艳如花朵，但也要识大体，知趣懂礼有自己主见的女性。

你淡雅如花更好，像菊、像兰、像牡丹，到底你像什么我现在无从知道。

那么，就在心中祈祷吧！

如果此时刻你能感觉到，或者是与我有着相同观的人，在何方？

我在这里等着你，缘分会让我们相遇，相知。

互为勉励共度一生。

早　晨

曾经，想过一个问题。

每天升起的太阳是为谁？太阳是何许人？

胸中可有万万的韬略，天下的霸主。

纵横天下的真英雄是你吗？

晨起于你，我又是谁？

天下是一盘棋的话，可谁会成为那个下棋之人？

梦幻与现实是相辅相成的，没有梦想就不会有一切。

胸中可以有理想，这一条路走得注定艰难，不难的事情可能只是嘴上说说罢了，纸上谈兵的人永远不可能有成就。

历代帝王看来都是履行一种使命，天的使命。

王者是威风八面的，独立山巅的潇洒，目光中有着无惧的雄光！

王者是寂寞的，只可与古人作谈。

你，是我心田的一粒种子！

遨游天下时，是你——我的太阳！

画　风

画家的修神之笔，可将美好的景色入画。
把自己的悟性与想象画入其中！
看，像不像画者的心呢？
入画时节，整个世界只剩下了我，与手中的画笔。
凝神之时，熟于心头！
灵魂同时映在了画布上。
自我而言这是一种艺术。
他人而言是一种欣赏。
美好入画的同时，心沉醉其中……
这个世界，你是主宰！

心　动

心动了的时候，一切都在动……
心动的不是只有爱情，可以是对一个物件的喜欢，爱不释手。
心动的东西有许多……
你心动了什么便会发现你是怎样的格局。
王者之心开疆拓土，独霸世界！
人有欲望才会心动！
这心动还是有的好！
不然只是死水一潭，无有波澜。
欲望，也是美的，只要它是向上的。

诗意的人生

一杯茶，一杯咖啡，一卷书，品味着……

静谧的日子里，时光安好，犹如一幅画卷，看着的人也觉得赏心悦目吧！

工作也是一种诗意，人生何处无诗意，什么样的眼睛发觉什么样的事物。

心田绽放出的情趣，决定一个人是否高雅或者是低俗。

一样的事情，各人都有不同的办法，办的好些、坏些、看各人的修为而定，贤愚不等的人自有不同的见解。

看世界的眼光是你的格局，作为自己该自勉些、自励些、更该自我检讨些。

荣辱人生，甜苦自知，咖啡亦苦。

书中是一个偌大的世界，让人生有无数个老师、贤人在教导着你，同样是你的知己！

夏 天

夏的气息是湿润的，青葱翠绿的充满着生机。

那一丛花，那一片草，那满山的青装都是夏给人的礼物。

感叹山花的幽香，美得毫无章法可言，恣意地盛放着自身，像不懂规矩的少女。

蜻蜓偶尔停留在花草树木之间，透明的翅膀具有梦幻的色彩。

生机勃勃的季节，人的精神头儿也高涨，希望在心田，一片翠绿可蔓延在心头的各个角落。

绿色的少女是从天而降的吗？

与你有个相约，夏的怀抱里有你，有我，有虫鸣欢快与鸟儿鸣唱，世界是热闹的！

心不再寂寞了，生灵是如此的美好！

愿做雨滋润着夏的绿，愿做雾围绕着晨间的山峦，愿做星照耀夏的夜。

那种星空下看月的情景，心仿佛走进了神话的美好！

心的成长

从孩提时期，我们一步一步长成一个少年，到青年、到老年，这是一个生命的过程。

心也在一步步慢慢地成长着，从懵懂到成熟，再到经验丰富的人，也需经历世事的变迁，人情的冷暖。

磨练的是心和意志，不怕受伤，不怕冷嘲热讽，更无惧人的慢待。

委屈会让你不甘，从而更想提高自己的能力，摆脱被动的局面。

如果事事不尽你意，要知道这是考验你的时候，初心不能变，坚持一如既往，迟早柳暗花明又一村。

我是自己的知己，知道自己要的是什么？

不经过烈焰洗礼的人并非真人！

真人具有高度的综合知识与素养，一个人才所应具备全面的修养。

告诉自己一个秘密，你是我的唯一，心支持着我的身。

而身承载着我的心，我们共同努力走向更高的山峰。

我是一棵树

青松是让人敬慕的。

它的美，它的正气不屈，令古今多少文人墨客为此称颂。

一棵树的寿命远比人要长得久，一个人在有限的几十年光阴里，该抓住学习的机会，准备好迎接每一次机遇。

生命犹如一曲歌，每个人的曲调都不同。

有的激昂奋进，有的舒缓柔情，更有的催人高昂不知所措，仿佛要把心中的那团火点燃！

激情在激荡着，久久不能平静。

我是一棵树，树的精神鼓舞着我成为一个勇敢的人，斗士般的不屈不挠！

天下有多少棵树，有多少个人！

这个世界太过丰富多彩，发现了它的美，它存在的意义！

千秋万载后，留一片清明在世上。

太阳的光芒

太阳的光芒很亮，它照亮了全世界，高高在上的每一天都在普照着万物……

它像我们的父亲般慈爱，似母亲一般暖心。

每次看着太阳升起的那一刻，心中会生出一种巨大的感动，它像一位伟人徐徐升起，红红的日头象征着无限的希望！

热爱你的每一天，是我生命的意义，有你就不会黑暗，永远都存在着希望的光芒。

热爱你的灼灼光芒，那么勇敢又无畏地坚守着每一天，普照着希冀的力量。

心不会黑暗，梦不会暗淡，一时的失败不算什么，能赶超自我的就是真英雄！

你是我的导师，是我人生的领路人，只要有你在，美好永在身边不离不弃。

不会辜负你的期待，一定会成为一个有用的人，屹立在人世间，因为你是我的偶像，毕生追求的伟大！

谁是我

这个疑问是每个人都有的，谁是我，我是谁？

我本非我，我即是我。

可以是大海，可以是蓝天，可以是万物，可以是任何一个你。

我存在的一天是我，也是你的，在肩上的使命不容我推卸，而我又踌躇不前着，个性中存在着软弱与畏惧。

其实，怎样都好，可并不能如你所愿，该是你做的事你必须做完！蝼蚁尚且有它的命运，更何况是人。

人总有自己的弱性，伟人并不例外，能战胜自己的人是真英雄！

赢了自己的人才能赢得一切，不然一切无从谈起。

我是一个人，要成为自我，让自己再一次成为一个新的主人。

天

蓝天在我的头顶上。

我在天的怀抱中。

你的胸怀中盛了那么多的万物。

可会记得一个小小的我？

我是记得您的，老天！

我的灵魂是您给的。

要对您说的话很多很多……

溪流汇成了大海时，会说，万缘已归一，胸怀仍依旧……

青壮年时期会告诉您，我依然是我！

无我之时会告诉您，我做成了我。

我是破晓与仲春

我好奇着这世间一切美好的事物，
我听见远方凯尔特琴的声音悠扬，
我看见残酷战火过后的芸芸希望，
我愿现在一切安好，春暖花开，
我是破晓与仲春！

我假设太阳终会陨落，
我感到深渊黑暗寒冷，
我触到而却感受不到，
我担心感情无动于衷，
我哭泣着时间的流逝，
我是破晓与仲春！

我明白走这一遭开心最好，
我说向光而行，
我梦想辰光扶开这迷雾，
我试图照亮心中的暗暮，
我希望岁月总可以静好，
我是破晓与仲春！

新时代的主人

时代的蓬勃发展，是我们年轻一代肩负的使命。

从自身做起，各种技能是我们要具备的素质。

勤学苦练是少不了的，科技的发展让我们有了更新的认知。

秦皇汉武时期，我们的祖国是世界一等的，当今时代更值得讴歌，虽然我们的科技差了发达国家一步。

这，更要确立我们青少年的立志方向，我们要做第一流的科技强国。

从有我的一刻起，这世界上多了一个新的生命。

我有着缺点与不足，但我会克服自我的缺点，人无完人，发扬我能做到的事情，勤学基本功，扎实基础，一样可以成为有所作为的人。

新时代的主人们，我的同龄朋友们，让我们为之去努力吧！

相信未来的辉煌胜利是我们的！

为之流血奋斗吧！

青春的热血升腾起来！

爱我的祖国、祖国、祖国……